642

**글쓰기 좋은 질문 642**

지은이 샌프란시스코 작가집단 GROTTO
옮긴이 라이언
펴낸이 임상진
펴낸곳 (주)넥서스

초판 1쇄 인쇄 2015년 6월 20일
초판 1쇄 발행 2015년 6월 25일

2판 1쇄 발행 2020년 3월 5일
2판 3쇄 발행 2023년 10월 10일

출판신고 1992년 4월 3일 제311-2002-2호
10880 경기도 파주시 지목로 5 (신촌동)
Tel (02)330-5500 Fax (02)330-5555
ISBN 979-11-5752-445-7 13800(세트)

저자와 출판사의 허락 없이 내용의 일부를
인용하거나 발췌하는 것을 금합니다.

가격은 뒤표지에 있습니다.
잘못 만들어진 책은 구입처에서 바꾸어 드립니다.

# 글쓰기 좋은 질문

# 642

샌프란시스코 작가집단 GROTTO 집필 | 포 브론슨 기획 | 라이언 옮김

Qrius

그것은 한 통의 전화에서 시작되었습니다.

그리고 하룻밤 사이에 이루어졌습니다.

화초가
죽어가고 있다.
화초에게
살아야 하는 이유를
설명하라.

당신 안에 숨어 있던 이야기를 꺼내는 질문,
당신 안에 멈춰 있던 창조성을 깨우는 질문.

여기 642개의 질문은
창조의 도시 샌프란시스코의 예술가 35명이
당신께 전하는 영감의 메시지입니다.

이 책은 하루 만에 집필되었습니다. 미리 공지를 받지도 않고 24시간 동안에 말이죠. 더구나 이것은 우리 작가들의 생각도 아니었습니다. 편집장인 친구가 뜬금없이 전화를 해서는 "642가지 글로 쓸 것들이란 책을 만들어보자"고 제안한 거죠.

제 대답은 "좋아. 그런데 정확하게 642개를 말하는 건 아니지? 그냥 많아 보이려고 642라는 숫자를 쓰는 거지? 그러니까 238개나 187개도 되는 거잖아. 642개는 좀 어려울 것 같은데…"였습니다.

"그럼 개수는 다르게 해도 되지만…" 친구는 말을 멈추더니 "나는 642개로 하고 싶어. 딱 그 숫자로"라고 했습니다.

저는 혼자서 전전긍긍하지 않기로 했습니다. 다음 날 샌프란시스코 작가집단 '그로토Grotto'에서 사무실을 같이 쓰고 있는 친구들 모두에게 이메일을 보냈죠.

그로토에는 서른다섯 명의 작가들이 있습니다. 이곳은 토끼장처럼 작은 사무실들이 미로처럼 얽혀 있기도 하고 도서관에서나 볼 수 있는 개인 열람대가 놓여 있기도 합니다. 저는 우리가 첫날 100가지 이상의 글감을 생각해낸다면 이 프로젝트를 현실화할 수 있으리라고 생각했습니다. 그래도 한 달 정도는 걸릴 거라고 생각했죠.

작가들은 자신의 생각을 이메일로 보내기 시작했습니다. 하나가 아닌 수많은 생각들을요. 한 시간 만에 100가지 아이디어를 받았습니다. 하루가 끝날 때쯤 아이디어는 500개가 되었고, 밤에도 계속 콸콸 흘러나왔습니다. 다음 날 점심, 저는 완성된 원고를 그 편집장 친구에게 전달했습니다. 그것도 직접 만나서 말이죠.

제가 이 이야기를 하는 이유는 여기에 잠재력에 관한 교훈이 있기 때문입니다. 우리는 미래가 어떻게 될지 알 수 없습니다. '그분'이 오시면 하루 만에 어떤 일을 시작할 수도 있고 그 일을 모두 끝낼 수도 있지요. 그 일이 반드시 자신만의 아이디어로 시작될 필요도 없습니다. 그냥 창의적인 마음을 가지고 뛰어들면 되는 거죠.

여러분은 이 책에 있는 질문들을 있는 그대로 글제목으로 사용해도 됩니다. 질문 하나를 정하고 그것을 완성하는 거죠. 아니면 그냥 이 642개의 생각들이 자신에게 자연스럽게 흘러들어와 창의력을 일깨워주도록 해도 됩니다. 그러는 동안 여러분은 다른 사람들이 글로 쓰거나 선택하지 않은 좋은 아이디어들이 아직 많이 있다는 것을 알게 될 것입니다. 우리가 글로 쓸 수 있는 것은 무한하며 여러분의 이야기도 정말 여러 가지로 진행될 수 있으니까요.

포 브론슨 & 샌프란시스코 작가집단 그로토

함께한 작가들

몰리 앤토폴
톰 바배시
나탈리 배스자일
J. D. 벨트란
포 브론슨
잰드라 캐슬턴
마리아나 체리
크리스 콜린
크리스 쿡
스티븐 엘리어트
아이작 피츠제럴드
로라 프레이저
수지 거하드
멜라니 기드온
코니 해일
노아 홀리
레이첼 하워드
제럴드 존스

다이애나 캡
코니 로이조스
캐트린 매
조던 맥케이
앤 마리노
조쉬 맥휴
애실리 메리먼
데이비드 먼로
재니스 뉴먼
피터 오너
캐롤라인 폴
제이슨 로버츠
줄리아 시얼즈
저스틴 샤로크
메건 워드
이던 워터스
매튜 자프루더

**1** 이 책은 소설가, 영화감독, 작가, 저널리스트, 시인, 비평가 등 다양한 분야의 예술가 35명이 공동 집필한 '글감' 642개를 묶은 책입니다.

**2** 따라서 이 책을 보는 데는 순서가 없습니다. 처음부터 하나하나 읽어내려가도 되고, 아무 페이지나 펼쳐보며 눈에 들어온 질문 하나를 그날의 화두로 삼아도 됩니다. 책을 보는 방법은 자유입니다.

**3** 답을 하는 방법도 자유입니다. 질문 하나를 글의 제목으로 삼아 긴 이야기를 쓸 수도 있고, 그저 짧은 단어 하나로 답을 달 수도 있습니다. 그림을 그리거나 자기만의 암호를 써넣어도 괜찮습니다.

**4** 이 책의 하단 부분은 당신을 위한 자리입니다. 당신만의 글을 채우는 창작 일지로, 언제나 들고 다니는 아이디어 노트로, 연습장으로, 낙서장으로 자유롭게 사용하십시오.

**5** 창작자를 꿈꾸는 분, 스토리텔링을 원하지만 아이디어가 떠오르지 않는 분, 창조적인 일을 해왔지만 내 안의 샘이 마른 것처럼 느껴지는 분들에게 또다른 문을 열어줄 것입니다.

**6** 이 책을 본 국내 크리에이터 100인의 글을 큐리어스 페이스북과 홈페이지에서 만나볼 수 있습니다.

**www.facebook.com/Qriousbook**

1    1초 동안 일어날 수 있는 일

2    내가 먹어본 최악의 명절 음식

3    화초가 죽어가고 있다.
     화초에게 살아야 하는 이유를 설명하라.

4    2017년 당신의 페이스북에 상태를 업데이트해보라.

5    당신은 우주 비행사다. 당신의 완벽한 하루를 설명하라.

6    인질의 몸값을 요구하는 편지로 시작되는
      이야기를 만들어라.

7    '응', '음', '어…', '으음…'만으로 대화하는 장면을 써보라.

8    생전 처음 보는 사람에게
      사랑하는 가족의 전통에 대해서 말해보라.

12    한 여인이 채용된 지 일주일 만에 해고당하는 장면을
      글로 써보라. 참고로 지금 이 여자를 해고하려는 사람은
      일주일 전만 해도 그녀의 채용에 아주 적극적이었다.


13    언젠가 증손자에게 물려줄 작은 물건 하나를 고르고
      왜 그걸 골랐는지 아이에게 설명하는 편지를 써라.


14    당신이 마치 책 속의 인물인 것처럼
      자신의 외모와 성격을 3인칭 시점으로 묘사하라.

15  정말 갖고 싶었는데
    막상 가지고 나니 사용하지 않는 물건

16  작동법을 전혀 모를 것 같은 미래의 전자기기

17  폭풍으로 삼촌의 헛간이 부서지고 여섯 살 난 조카가
    목숨을 잃었다. 폭풍이 휩쓸기 전 하늘의 색깔을 묘사하라.

18  어린 시절 동네에 있었던 나무들의 이름을 지어라.

**19**  1932년 아르헨티나를 배경으로 짧은 이야기를 써보라.
단, 이야기 속에서 찻잔 하나가 중요한 역할을 해야 한다.

**20**  최근에 할 말이 전혀 생각나지 않았던 순간이 언제였는지
설명하라. 혹시 대화를 이끄는 게 힘들었기 때문인가?
아니면 단지 머릿속이 텅빈 것처럼 느껴졌기 때문인가?

**21**  과거 고등학교 시절, 지금의 당신 삶을 바꿀 수 있는 일이
생긴다면 그것은 무엇일까?

22 당신은 과거 약혼자의 결혼식에서 요리사들이 식사를
준비하는 모습을 채광창으로 내려다보고 있다.

23 서로를 증오하는 두 사람이 열두 시간 동안 엘리베이터
안에 갇혀 있다. 무슨 일이 일어날까?

24 당신이 생생하게 기억하는 다섯 가지 사건을 써보라.
그중 하나를 골라 좀더 구체적으로 설명하라.

29    당신은 방금 자존심을 구기고 자신이 하고 싶지 않은 일을
      했다. 친구는 그 이유를 알고 싶어 한다. 친구의 덩치 큰
      트럭을 주차할 공간을 찾으며, 당신과 친구는
      만차인 주차장을 둘러보고 있다. 이 장면을 써보라.


30    '불행'이라는 요리의 레시피를 써보라.


31    친구가 전화를 해서는 당신이 어제 경찰차 안에 있는 걸
      봤다고 한다. 무슨 일이 있었는가?

**32** 한 남자가 40층 건물에서 뛰어내렸다.
그런데 28층을 지날 무렵 핸드폰 벨소리를 듣고
뛰어내린 것을 후회한다. 어떻게 된 일일까?

**33** 당신의 인생에서 드라마틱했던 순간을 말해보라.
이때 비밀 한 가지와
거짓말 한 가지를 이야기에 넣어야 한다.

**37**   앞으로 살아갈 날이 일주일만 남았다면…

**38**   앞으로 발명될 메가 히트급 약은 무엇일까?
그 약으로 인해 어떤 결과가 생길까?

**39**   다음 문장으로 시작하는 이야기를 써라.
"조 Joe가 그 일을 할 거라고는 꿈에도 생각하지 못했다."

**40**   당신의 인생을 10년 단위로 묶어서 노래로 표현한다면,
어떤 노래들일까?

**41**   당신의 가족 한 명 한 명을 한 단어로만 묘사해보라.

**42**   집이 불타고 있다면 무엇을 가지고 나오겠는가?

**43**   하고 나서 지금도 늘 후회하는 말

**44**    사상 최초로 굴을 먹은 남자는 어떤 생각을 했을까?

**45**    지금까지 먹어본 가장 맛있는 아이스크림

**46**    기쁨의 감정을 묘사해보라.

**47**    당신이 써본 적이 없는 소설이나 회고록의 리뷰를 써라.

**48**  가장 두려웠던 순간,
다리가 후들거리고 심장이 격렬하게 뛰며
더는 그곳에 있기조차 힘들었던 그 순간

**49**  당신이 기억하는 최초의 죽음과
가장 최근에 경험한 죽음의 차이

**50**  당신이 악당으로 등장하는 짧은 이야기를 써보라.

**51**     나는 그 당시 무슨 일이 일어나고 있는지 몰랐다.

**52**     지금으로부터 100년 후, 내가 사는 도시

**53**     1956년 디트로이트를 배경으로 짧은 이야기를 써보라.
            단, 자동차 바닥 매트가 이야기 속에서 결정적인 역할을
            해야 한다.

**61**  한 여인이 자신의 손자가 옆집에 살고 있을지도 모른다고
생각한다.

**62**  수천 명의 군중에게 연설을 하던 남자가
**뻔뻔한 거짓말**을 하고 있다는 게 갑자기 밝혀진다.

**66**   어떤 방법으로 죽을지 선택하라.

**67**   이것을 하고 있지 않았다면, 나는 무엇을 하고 있을까?

**68**   당신의 집에 가는 방법을 남들이 멍청하다고 생각할 만큼 구체적으로 써보라.

**69**  쓸모없는 사랑—당사자들이 계획한 것과는
전혀 맞지 않는 애정이나 인간관계

**70**  당신은 중간 계급 정도의 고대 그리스 신이다.
올림포스 급으로 승격되기를 학수고대하고 있다.
당신의 능력은 무엇이며,
신의 왕 제우스와 올림포스 신들의 눈에 들기 위해
그 능력을 어떻게 사용하겠는가?

**71** 한 사람을 선택하라. 그리고 다음 질문에 답하라.
"이 사람이 지금까지 내려야 했던 결정 중 가장 힘든 것은
무엇일까?"

**72** 나이트클럽에서 목걸이, 지갑, 핸드폰 등의 귀중품을
잃어버렸다는 걸 알게 되었다. 어떤 일이 벌어질까?

**73** 당신에게 큰 영향을 준 문화적인 사건 다섯 가지를 적고,
그중 한 가지에 대해 자신을 언급하지 말고 써보라.

**78**  최근 가장 힘들었던 대화에 대해 써라. 그리고, 당시에는 차마 할 수 없었던 말을 넣어 그 대화를 다시 써보라.

**79**  국가 하나를 선택하라.
그 국가와 우리나라가 14년간 전쟁을 하고 있다 상상하고 그곳에서 피어나는 러브스토리를 써보라.

**80**  근거 없는 소문으로 시작하는 이야기를 써보라.

81    다음 문장으로 시작하는 장면을 써라.
      "나는 처음으로 사람을 죽였다."

82    20년 동안 만나지 않고, 말 한마디 없이 지냈던
      어머니와 아들이 12월 어느 날 우체국에서 양손 가득
      소포를 들고 줄 서 있다가 우연히 만났다.
      그들은 서로에게 무슨 말을 할까?

_____

_____

_____

_____

_____

_____

_____

_____

_____

_____

_____

_____

_____

_____

_____

_____

**83**  시리얼 상자에 실릴 광고 문구를 써보라.
사람들이 시리얼의 새로운 맛에 끌려 구매할 만큼
매력적으로 써야 한다.

**84**  청소부로 일하는 여자

**85**  기다리다

**86** 식사를 마치고 남편과 함께 레스토랑에서 나오던 여자가 우연히 이전 애인과 마주친다. 그들은 어떤 말을 주고받을까? 혹시 할 수 없는 말은 무엇일까? 그리고 그녀의 몸짓은 어떤 의미를 전달하고 있을까? 이 장면을 써보라.

**87** 친구와 밖에 나가 저녁식사를 하라. 집에 돌아오자마자 친구의 관점에서 글을 쓰되, 그가 했던 말로 시작하라.

**95**  한 여자 군인이 임무를 수행하기 위해 길을 떠나려 한다.
그녀는 임무를 마치고 살아 돌아올 수 없다는 걸 알고 있다.

**96**  루스벨트 대통령, 마릴린 먼로, 그리고 희대의 살인마
잭 더 리퍼와 같은 역사적인 인물의 관점으로 글을 써보라.

97    남자의 신체 부위 중 당신이 가장 좋아하는 부분을
      묘사하라. 단 동사만 사용해야 한다.

98    여자의 신체 부위 중 당신이 가장 좋아하는 부분을
      묘사하라. 단 동사만 사용해야 한다.

**99**    세상 모든 것에는 세 가지 이유가 있다.
다른 사람들에게 공식적으로 말하는 이유,
스스로에게 말하는 이유,
그리고 진짜 이유.
이 세 가지 이유가 서로 갈등을 빚는 이야기를 써보라.

**100**   다음 문장으로 이야기를 시작하라. "내가 따졌을 때,
그는 자신이 그런 말을 했다는 걸 부인했다."

**101**    당신은 친구와 점심을 먹고 있다. 식사 중에 친구가
　　　　전화를 받는다. 친구가 통화하며 말하는 것만 써보라.

**102**    당신의 나쁜 습관 하나를 설명해보라.
　　　　그것을 하면서 왜 비밀스럽게 희열을 느끼는지 설명하라.

**103**    어른들이 화를 낼 때 자신을 안정시키기 위해
　　　　어떤 행동을 반복하는 아이가 있다. 그 아이는 어떤 행동을
　　　　할까? 그리고 왜 그런 행동을 하게 된 것일까?

**108**    어쩔 수 없이 일주일간 당신의 침실을 써야만 하는 사람이
바라본 침실의 모습

**109**    당신은 사립탐정이다.
바람을 피우는 어떤 남편의 뒷조사를 한 달 동안
하고 있다. 의뢰인인 그 남편의 부인에게
지금까지 조사한 것을 알려주는 보고서를 작성해보라.
참고로 그녀는 지금 정서적으로 불안한 상태이다.

110    당신은 방금 길가에서 깨어났다.
       옆에는 자전거가 쓰러져 있고 지갑도 없다. 무슨 일이
       있었는지 기억도 나지 않는다. 앞으로 무슨 일이 벌어질까?


111    당신의 책상은 밤에 무슨 생각을 할까?


112    당신과 같은 학년이지만, 잘 모르는 아이 하나가 어느 날
       불쑥 집에 찾아와 긴히 할 이야기가 있다고 한다.
       그 아이는 어떻게 생겼나? 그리고 어떤 얘기를 할까?

**117**    당신이 작품으로 절대 쓰고 싶지 않은 허구의 인물을
떠올려보라. 이제 그 인물에 대해 구체적으로 묘사해보자.
이때 당신의 관심을 끌 만한 어떤 요소도 넣어선 안 된다.

**118**    배우가 개인적으로 모멸감을 느낄 무대 지시사항을 써보라.

**119**    당신이 인생에 대해 배운 것을 생판 모르는 사람에게
구체적으로 설명하는 편지를 써라.
편지를 쓸 때 당신이 누구인지는 밝히지 않아야 한다.

**120** 남들이 당신을 인종차별주의자라고 생각할까봐
처음으로 걱정했던 순간

**121** 당신을 가장 잘 설명할 수 있는 물건 하나를 떠올려보라.
이제 그 물건을 묘사하라.

**122** 당신이 그 과일을 좋아하는 이유를
논리적으로 설명하라.

**127** 무언가에 불을 질러라.

**128** 고향을 생각하면 가장 많이 머릿속에 떠오르는
어린 시절의 장소나 물건은 무엇인가?

**129** 당신의 집에 있는 방 하나를 묘사해보라.

**134**  당신이 누군가를 살해한 꿈을 꾸었다.
누구를 죽였나?
어떻게 그리고 왜 살인이 일어나게 되었나?
그 후 어떤 일이 벌어지는가?

**135**  10년 동안 만나지 못했던 옛 친구를 지금으로부터
10년 뒤에 만나게 된다.
친구와 만나서 나누는 대화를 써보라.

**143**    내가 알고 있는 내 모습과 사람들이 알고 있는 내 모습

**144**    지금까지 쓴 것 중 성의 없이 쓴 부분을 하나 찾아보라.
그리고 그 부분을 하나의 긴 문장으로 다시 써보라.
문장을 계속해서 길게 확장시켜야 한다.
문장이 질질 늘어지는 건 걱정하지 말고 그냥 써내려가라.

**145**    서로에게 무언가를 원하는 두 인물을 한 방에 넣어라.
이들은 원하는 것을 대놓고 직접 요구할 수는 없다.
이들에게 5분을 주고,
오직 대화만으로 원하는 걸 얻을 수 있도록 해보라.

**146**    당신이 만든 가상의 인물을 위해 기도문 두 개를 작성하라.
하나는 그 사람이 혼자 있을 때 하는 기도문이고,
또 하나는 공적인 자리에서 사용하는 기도문이다.

147  귀신이 되어 당신을 쫓아다니는 사람, 당신을 아주
      좋아하는 사람, 당신이 이해할 수 없는 사람. 이 셋의 이름을
      쓰고, 세 명이 모두 등장하는 장면 하나를 써라.

148  당신은 이국땅에서 길을 잃었다. 누구와도 말이 통하지
      않는다. 이런 상황을 어떻게 대처하겠는가?
      그리고 어떻게 길을 찾을 것인가?

149  악한 행동을 일삼는 인물이 등장하는 장면을 구상하라.

---

---

---

---

---

---

---

---

---

---

---

---

---

---

---

---

---

---

**157**  다음 문장으로 이야기를 시작해보라.
"이것은 그녀가 세상에서 제일 원하는 것이다."

**158**  위의 내용 바로 뒤에 다음의 문장을 붙이고 이야기를
완성하라. "그녀는 거짓말을 하고 있다.
이것이 바로 그녀가 세상에서 제일 원하는 것이다."

**159**  연령대가 다른 세 사람이 보지 말아야 할 것을 보고 있다.
이 중 한 명은 당신일 수도 있다.

**160**  당신이 아직 읽지 않은 짧은 이야기를 하나 찾아서
3분의 2정도만 읽어라.
거기서부터 이야기의 결말을 직접 써보라.

**161**  세계지도나 지구본을 가져와서 눈을 감고 손가락으로
한 곳을 찍어라.
그곳에 생전 처음 가본 사람에 대한 글을 써라.

**162**    다음 문장을 마무리하라.
         "내가 항상 하고 싶었던 말은…"

**163**    비행기에 비치된 쇼핑 카탈로그에서 무엇을 사고 싶은가?
         왜 그걸 사고 싶은가?

**164**    작가들이 아이디어가 떠오르지 않아 어려움을 겪는 건
         어떤 느낌일까?

**165** 작년 이맘때 당신은 무엇을 하고 있었나?

**166** 기대하지 않은 선물

**167** 알람시계를 새벽 3시에 맞춰라.
그 시간에 일어나 맨 처음 떠오른 생각을 적어보라.

**168** 당신의 오랜 상상 속 친구를 소개하라.

**169** 주방에 있는 찬장을 열어보라.
눈에 가장 먼저 들어온 물건 세 가지로 이야기를 만들어라.

**170** 당신은 프랑켄슈타인이다.
당신의 이야기를 전 세계에 알려줘서 감사하다는 편지를
원작자 메리 셸리에게 써보라.

**171** 인생을 한 세트의 엽서에 나눠 써보라.

**172** 최근 당신이 우연히 만난 낯선 사람의 부고訃告를 짤막하게 써라. 그 사람과 연락을 하지 않고 지내던 자식의 시점으로 그 부고를 다시 작성하라.

**173** 사진 한 장을 가져오라. 그 사진의 프레임 밖에서 어떤 일이 일어나고 있는지 이야기를 써보라.

**174** 당신에게 일어난 중대한 사건 하나를 떠올려보라. 그 사건이 있기 바로 전에 어떤 일이 있었는가?

**175** 예기치 못한 상황에서 누군가가 당신 혹은
당신이 창조한 인물을 찾아왔다. 이 상황을 써보라.

**176** 2150년의 역사학자들에게 쇼핑몰이 어떤 곳인지
설명하라. 2150년에는 쇼핑몰이라는 것이 없을 수도 있다.
에스컬레이터, 푸드코트, 현금도 물론 없을지 모른다.

**177**    다음의 문장으로 시작하는 편지를 써라.
"이 이야기를 너에게 하는 이유는
네가 유일하게 나를 판단하지 않을 사람이기 때문이야."

**178**    주변에 들리는 세 가지 대화의 일부분을 각각 적어라.
그 세 부분을 활용해 새로운 대화 하나를 만들어라.
그리고 그 대화로 시작하는 이야기를 써라.

**179** '소음과 분노가 가득하지만, 모든 게 부질없이 느껴지는' 장면을 써보라. 역주 : 셰익스피어의 비극 『맥베스』에 나오는 유명한 대사

**180** 버려야 하지만 그럴 수 없는 것들

**181** 제자에게 추파를 던지는 교수를 묘사하라.

**186** 한 소년이 나무에 올라가서는 부모님이 이혼 절차를 멈출 때까지 내려오지 않겠다고 한다. 소년의 아버지, 어머니 각각의 관점에서 이 일에 대해 써보라.

**187** 낯선 사람 한 명을 찬찬히 살펴보라. 집에 가서 그 사람의 어머니에 관한 비극적인 이야기를 써보라.

188 현재의 관점으로 자신의 대학 입학지원서를 다시 써보라.
지원서에는 다음 질문의 대답이 있어야 한다.
"우리 대학이 당신에 대해 꼭 알아야 할 사항이 있습니까?"

189 당신의 이름을 구글에서 검색해보라.
당신의 이름과 비슷하지만, 진짜 당신에 대한 것이 아닌
검색 결과들은 무엇이 있는지 적어보라.

**190**    할 수만 있다면 당신의 몸 중 어디를 바꾸고 싶은지
설명해보라. 그 부분이 변하면
당신 인생이 어떻게 바뀔지도 설명하라.


**191**    은행에 있는데 갑자기 강도가 들었다.
당신은 인질이 되어 얼굴을 바닥에 붙이고 엎드려 있다.
당신이 있는 위치에서 이 상황을 묘사해보라.

199 　이사, 구직, 연애 등 인생에서 스스로 내린 결정 하나를 생각해보라. 만일 다른 것을 선택했다면 지금의 인생은 어떻게 달라져 있을까?

200 　첫 데이트 때 어떤 옷을 입었나? 그 옷은 어떻게 구했나? 그 후 옷은 어떻게 했나?

201 　어머니에게 듣고 싶지 않았던 다섯 가지 말

**202** 고등학교 때부터 사귄 군대 간 남자친구에게
이별 편지를 써라.

**203** 이제 당신은 위의 이별 편지를 받게 될 남자친구다.
답장을 써라.

**204**  가장 최근 당신을 화나게 한 사건은 무엇인가?

**205**  가장 최근 당신을 웃게 한 사건은 무엇인가?

**206**  당신의 가장 친한 친구를 묘사하라.

**211** 어머니에게 절대 보여주고 싶지 않은 베드신에 대해 써라.

**212** 위의 베드신을 어머니에게 보여줄 수 있을 정도의 수위로 다시 써라.

**213** 천국을 묘사하라.

**214** 유엔 연설에서 쓸 스탠딩 코미디의 대본을 써보라.

**219** 밖으로 나가 독특한 소리를 세 가지 찾아보라.
그 소리에 대한 고정관념은 버리고
실제로 어떻게 들리는지 정확하게 묘사하라.
그리고 그 소리를 활용해 이야기를 써라.

**220** 다음 문장으로 끝나는 이야기를 써라.
"그리고 이 방이 바로 그 일이 있었던 곳이다."

**221** 지금은 2100년. 세상에 물이 부족하다.
평범한 하루를 묘사하라.

**222** 당신은 넓은 들판에서 막 깨어났다.
그런데 우주비행사 복장으로 서핑보드에 누워 있다.
무슨 일이 있었던 걸까?

**223** 하나의 인물을 두 가지의 다른 나이로 상상해보라.
그리고 그 인물의 하루를 각 나이에 따라 묘사하라.

**227** 'ㅅ'으로 시작하는 다음 네 개의 단어로 이야기를 만들어라.
석고상, 식욕, 상실, 수감.

**228** 내 인생을 바꾼 문학 작품의 주인공 관점에서
글을 써보라.

**229** 아이의 관점에서 본, 생생한 유년시절의 추억

**230** 가상의 인물을 위해 '긴급 상황시 열 가지 행동 수칙'이라는 서바이벌 가이드를 작성하라.

**231** 당신은 대통령 관저의 수석 셰프다.
지금 인도의 대통령을 위해 저녁 만찬을 준비하고 있다.
어떤 음식을 대접하는가? 요리는 어땠나?

타이타닉 호가 침몰할 당시 끝까지 배에 남아 연주했던
오케스트라의 일화는 아주 유명하다.
무도회장에서 연주하는 그 오케스트라 멤버의 관점에서
타이타닉 호가 침몰하는 장면을 묘사해보라.
멤버들 간의 관계에서부터 배가 가라앉을 때
눈에 들어오는 장면들, 들리는 소리들, 그리고 그들이
느끼는 여러 감정을 묘사하라.

**237**   당신은 세계 최악의 교통 체증 때문에 최소 이틀 동안 고속도로에 갇혀 있다. 도대체 무슨 일인가?

**238**   놀이공원으로 놀러가는 장면을 색깔과 소리, 냄새, 그리고 그날의 맛을 중심으로 묘사하라.

**239**   당신은 중병으로 3개월 동안 침대에만 누워 있다. 무엇이 가장 그리운가? 의사가 허락해서 밖으로 나갈 수 있다면 무엇을 제일 먼저 하겠는가?

**240**  결혼식장에서 신부가 신랑을 향해 걸어올 때
신랑의 머릿속에는 어떤 생각이 떠오를까?
그의 생각을 10분 동안 써보라.

**241**  말싸움에서 졌던 일화를 얘기해보라.

**242**  당신이 싫어하는 사람에게 러브레터를 써보라.

**243**   당신의 일생에서 단 하나의 추억만 간직할 수 있다면,
          무엇일까?

**244**   사랑의 기술

**245**   당신이 아침식사로 먹은 것

**246**   토토야, 여기가 캔자스가 아니라면, 도대체 우린 지금
          어디에 있는 거지? 역주 : 토토는 『오즈의 마법사』 주인공 도로시의 강아지 이름

**247**  3미터 길이의 막대기로 당신이 건드리고 싶지 않은 것은 무엇인가? 왜 그런가?

**248**  여러 겹의 옷으로 자신을 숨기고 있는 이상한 여자 아이

**249**  나의 할머니나 할아버지에게 물어보고 싶었던 것 다섯 가지

**250** 당신은 큰 여객기를 운항하는 기장이다.
그런데 곧 비행기가 충돌할 것을 알게 되었다.
승무원들과 승객들에게 무슨 말을 하겠는가?

**251** 오늘은 사형선고를 받고 맞이하는 첫날이다.
이 조그만 감옥에서 사형이 집행될 날을 기다리며
10년을 어떻게 보낼지 계획을 세워보라.

**252** 아끼는 것 중 최근 제자리에 두지 않아 찾아 헤맨 물건은 무엇인가? 그에 관해 어떤 일이 있었는지 가능한 한 많은 문장으로 써보라. 단, '나'를 주어로 두고 문장을 써야 한다. ("나는 핸드폰을 잃어버렸다. 나는 소파 밑을 찾아보았다. 나는 친구에게 전화도 했다.")

**253** 이번에는 위의 글을 '나'가 아니라 사물, 행동, 상황 등을 주어로 해서 써라. ("핸드폰이 없어졌다. 소파 밑에는 먼지 덩어리만 있을 뿐이었다. 친구와의 통화도 소용이 없었다.")

**258**    당신의 어머니를 묘사하라.

**259**    당신이 절대 쓰지 않을 소설을 위한 다섯 가지 아이디어

**260**    어젯밤 무슨 꿈을 꾸었나?

**261**   당신은 이혼 소송을 담당하는 변호사다.
다른 문제는 다 해결되었지만, 개의 소유권이 유일하게
논란이 되고 있다. 당신의 의뢰인이 그 개를 가져야 하는
이유를 설명하라.

**262**   당신은 1864년 애틀랜타에 살고 있다.
지금 애틀랜타가 불타고 있다. 무엇을 하겠는가?

**263**  연애 사이트에 자기소개를 두 가지 버전으로 써보자.
첫번째 글은 상대가 집에 데려가 어머니에게 인사시키고
싶은 사람처럼 써라.
다른 하나는 아주 섹시하고 에로틱한 버전으로 써라.

**264**  책이나 영화, 연극, 시 등에서 가장 좋아하는 대사나 구절은
무엇인가? 그 구절을 당신의 버전으로 써라.

**265** '메리엄-웹스터' 사전 사이트에 들어가
'오늘의 단어 Word of the Day'를 찾아보라. 그 단어를 이용하여
이야기를 써라. (www.merriam-webster.com/word-of-the-day)

**266** 집에서 쫓겨난 당신은 거리에서 사는 것보다
이케아 가구점에서 사는 게 낫겠다고 결심한다.
밤에 청소부들이 떠날 때까지 당신은
화장실에 숨어 있어야 한다. 이런 생활을 써보라.

알프레드 히치콕 감독은 '미스터리'는 포커를 치는
남자들에게 무슨 일이 일어날지 전혀 모르는 것이고,
'서스펜스'는 포커 테이블 밑에 폭탄이 숨겨져 있는 것을
관객이 알고 있을 때 생긴다고 했다.
자, 이제 아주 평범한 사건을 다루는 글을 써보자.
모든 것을 송두리째 바꿔놓을 만한 무언가를 소개하면서
스토리를 시작하라. 독자만이 그게 무엇인지 알고 있다.

**268** 네 살짜리 아이가 어둠을 무서워한다.
그 아이의 두려움에 관해 써보라. 아이가 두려움을
극복하는 데 도움이 될 만한 당신의 말과 행동도
이야기에 넣어라.

**269** 성인이 된 당신은 어둠을 무서워한다.
친구들이 비웃지 않도록 이것이 왜 심각한 문제인지
잘 설명해보라.

**274**    당신이 사랑하는 사람의 얼굴을 묘사하라.

**275**    한 소년이 분위기를 띄우려고 하지만,
아무도 그의 농담에 웃지 않는다.

**276**    당신이 가장 좋아하는 캠핑장에서
뭔가 일이 잘못되어가고 있다.

**277**  한 인물의 인생에 대해
가능한 한 많은 것을 설명해줄 수 있는 단락 하나를 써보라.
문장의 형태, 리듬, 반복 등을 통해 어떻게 많은 정보를
전달할지 생각하라.


**278**  침묵의 소리는 무엇인가?
언제 마지막으로 그 소리를 들었나?
그 소리엔 무엇이 없는가?

**279**  당신의 인생에서 쓸 엄두가 나지 않는 사건을 생각해보라.
이제 그 사건을 써보라.

**280**  발음이나 의미, 혹은 모양이 예뻐서 좋아하는 단어들의
목록을 작성해보라. 그 단어 중 하나를 골라 글을 써라.

**281**  영화 <백 투 더 퓨처>를 당신만의 버전으로 써보라.
부모님은 어떻게 만났고, 여러 사건들이 두 분의 관계와
당신의 출생에 어떤 영향을 주었는지 설명하라.

**286** 카페에 가서 두 사람의 관계를 자세히 관찰해보라.
그리고 그 두 사람의 이야기를 써보라.

**287** 사람들이 북적이는 토요일 밤.
로맨틱한 레스토랑에서 한 남자가 무릎을 꿇고
프러포즈를 시작하려고 한다. 이 상황을
스포츠 캐스터처럼 라이브로 중계해보라.

**291**  고장 난 시계도 하루에 두 번은 맞을 때가 있다.
누군가에게 정말 터무니없는 조언을 해보라.
그가 당신의 조언을 받아들이도록 열심히 설득해야 한다.

**292**  주인공이 큰 사건을 일으키려는 음모를 꾸몄다는 잘못된
혐의를 받고 있다. 이 상황을 써보라.

**293**  당신은 어린이를 위한 캠프 지도사다. 8~10세 아이들이
잔뜩 겁먹을 무서운 이야기를 만들어보라.

294   '오르막'이라는 단어를 설명하라. 당신이 생각할 수 있는
      가장 혁신적이면서도 도전적인 은유나 직유를 사용하라.
      신체를 이용해서 설명해도 된다.


295   잠에서 깨기 직전 잠들어 있는 당신의 마음은
      무슨 생각을 할까? 알람이 울려 잠이 깨는 것을 느끼면서
      당신의 마음은 무엇을 희망하고 무엇을 두려워할까?
      그리고 스스로에게 어떤 약속을 할까?

296    노래 한 곡에 대해 써라.

297    익사 직전을 묘사하라.

298    30년 된 거짓말

299    2달러는 많은 돈이 아니다. 그렇지만…

**300**  끔찍한 하루를 보낸 당신. 세상에 대해 잔뜩 화가 나 있다.
당신은 감수성이 예민하고 희망에 가득 찬 어린 작가들에게
악의를 품고 세상에서 가장 나쁜 조언을 하기로 마음먹었다.

**301**  당신은 알 수 없는 두려움을 느끼며 잠에서 깨어난다.
그런데 그 두려움의 실체를 전혀 알 수 없다.
당신이 두려움을 느낄 만한,
그날 하루 동안 일어날 수 있는 일들을 모두 써보라.

**302**    당신이 가장 당혹스러웠던 순간

**303**    생트로페에서의 주말

역주 : 생트로페St.Tropez 는 프랑스 남부의 아름다운 휴양지

**304**    코치의 입장에서 선수의 부모에게
        아이가 왜 팀을 나가야 하는지 설명하는 편지를 써라.

**305** 고장 난 전자제품 문제로 고객 상담센터에 전화했을 때
담당자에게 진짜로 하고 싶었던 말은 무엇인가?

**306** 완전 범죄,
그리고 완전 범죄를 그르치게 만드는 것

**307** 당신 옆에 앉아 있는 사람의 하루

**312** 한 여인이 안경을 쓰지 않고 호수에서 수영을 하다가
물속에서 자신을 향해 다가오는 어떤 물체를 보게 된다.
그녀는 자신이 보고 있는 게 무엇이라고 생각할까?

**313** 당신의 할머니가 당신이 읽고 싶지 않은 책 한 권을 주었다.
그 책은 무엇인가?
그 책을 읽은 척하며 할머니에게 감사 편지를 써보라.

**314** 당신 손의 관점에서 사랑 장면을 써라.

**315** 한 여인이 차 트렁크에 큰 짐을 실으려고 안간힘을
쓰고 있다. 그녀의 아들은 차에서 나와 도와줄 생각을
하지 않는다. 이 장면을 써보라.

**316** 당신의 유언장을 써보라.
누가 어떤 물건을 받게 될 것인지, 그리고 시간이 지나면서
당신의 마음이 어떻게 바뀌었는지도 설명하라.

**317**  싫어하는 사람을 한 명 떠올려보라.
이제 그 사람의 좋은 점을 모두 묘사하라.

**318**  당신의 생명을 누가 어떻게 구했나?

**319**  고조할머니의 일기장을 발견했다.
1856년 6월 16일, 할머니는 다음과 같은 일기를 썼다.

**324** 삶에서 가장 중요한 순간을 발표하는 기자회견문을 써보라.
그 일에 대중이 관심을 가지고, 기자들은 기사를 쓰겠다고
결심할 만큼 설득력 있게 써야 한다.

**325** 잠시 후 당신은 토크쇼에 출연한다. 무대 뒤에서 PD가
재미있는 이야깃거리를 당신에게 묻는다.
사회자가 그 이야기를 중점적으로 다루게 하기 위해서다.
TV에 나와서 말하는 것처럼 그 이야기를 써보라.

**326**  일상생활에서 나는 소리들에 대해
마치 음악 평론을 하듯 리뷰를 써라.
그 소리들은 당신의 인생이라는 영화의
사운드트랙처럼 들릴 수도 있다.

**327**  가장 중요하게 생각하는 정치적인 관점을 생각해보라.
그리고 그와 반대의 성향을 가진 사람을 자신의 편이
되도록 설득하라.

**328**   당신의 고양이는 세상을 어떻게 바라볼까?

**329**   모든 사람이 박장대소하고 있었다.
        당신을 제외하고는…

**330**   토마토에 관한 시를 써라.

**331**  누군가가 당신을 큰 곤경에 빠트렸던 경험을 써보라.
독자들이 그 일과 관련해서 당신은 100퍼센트 희생자라고
생각하도록 설득력 있게 써야 한다.

**332**  위의 경험을 당신이 100퍼센트 비난받아 마땅하다고
생각할 정도로 설득력 있게 써보라. 둘 중 어떤 버전이
독자들에게 더 설득력이 있을까?

**333**  가장 좋아하는 노래 제목을 바탕으로 이야기를 만들어라.

**334**   당신이 들어본 가장 큰 지진을 묘사하라.

**335**   오늘 하루 우연히 만난 두 사람을 연결지어보라.

**336**   한 시간 남았다

**337**   어느 기자의 죽음

**338**  어떤 특정한 것에 공포증이 있는 사람의 시점에서
그것을 경험하는 느낌을 표현하라.
예를 들어 비행기 타는 것을 무서워하는 사람이
비행기를 타야 한다든가, 광장공포증인 사람이
아주 넓은 들판에서 길을 잃게 되거나,
땅콩버터가 입천장에 닿는 것을 두려워하는 사람이
샌드위치를 먹어야 하는 상황 등을 생각해보라.

**339**  당신이 책상에 앉아 뭔가를 쓸 때 경험하는 내적 독백을
표현하라.

**340**  샌프란시스코 자이언츠 야구팀 선수들은 자신이 타석에
들어설 때 어떤 특정한 노래를 틀어달라고 요청할 수 있다.
당신이 타석에 들어갈 때 나오는 노래 가사를 써보라.

**341**  고전동화 하나를 선택한 후,
당신의 고향을 배경으로 한 현대물로 각색하라.

**342**  침실에 가보니 누군가 당신의 서랍을 뒤진 흔적이 있다.

**343**  지금 대화하는 사람이 거짓말하고 있는 게 빤히 보인다.
그에게 따질 것인가, 아니면 그냥 놔둘 것인가?

**344**  세상에는 술 취한 사람과
취하지 않고 끝까지 살아남은 사람, 두 부류가 있다.
당신은 어느 부류의 사람인가?

**349** 당신은 열세 살이다. 남자친구에게 러브레터를 써보라.

**350** 당신은 스물한 살이다. 여자친구에게 러브레터를 써보라.

**351** 당신은 군인 가족의 집을 방문해서
군인이 전사했다거나, 전쟁포로가 되었다거나,
다쳤다거나, 행방불명되었다는 등의 비보를 전하는
군장교다. 이런 소식을 전하는 상황을 묘사해보라.

**352**   첫사랑과 결혼했다면 지금 나는 어디에 있을까?

**353**   자기 자신에게 혹은 다른 사람에게 거짓말하는 사람
         한 명을 머릿속에 그려보라.
         만일 그 사람이 거짓말을 멈춘다면 무슨 일이 일어날까?

**354**   당신이 만들어낸 인물이(혹은 당신이) 어두운 곳에 있다고
         생각해보라. 이제 무슨 일이 일어날까?

**355** 119구조대 두 명이 구급차로 환자를 호송하고 있다.
환자가 버틸 수 있는 시간은 30분.
하지만 병원에 도착하기까지 20분은 걸릴 것 같다.
지금 구급차 안에서는 어떤 일이 벌어지고 있는가?

**356** 술에 취한 고등학생들이 성대한 광란의 파티 중이다.
파티에 참여한 고등학생, 그곳에 출동한 경찰, 그리고
학생의 학부모 입장에서 파티 현장을 각각 묘사해보라.

**357**  누군가 이 일기를 읽는다면,
당신은 창피해서 죽어버리려고 할 것이다.

**358**  당신에게 타임머신이 있다.
그런데 이 타임머신은 딱 이틀 전으로만 이동할 수 있다.
이틀 전으로 돌아간다면 무엇을 바꿔놓을 것인가?

**359**  덕망이 높았으나 섹스 스캔들로 물의를 빚은 성직자를 위해
설교문을 작성하라.

**360**  인류학자 레비스트로스가 한 다음의 말을 인용해서
글을 써보라. "나는 무언가가 일어났던 바로 그 장소다."

**361**  당신은 스팸메일을 보내는 나이지리아 사람이다.
이메일 수신자가 당신에게 200달러를 보내도록 아주
설득력 있게 스팸메일을 작성해보라.

**362**  한 사람이 공원의 즉석 발언대에 서서 행인들에게
소리를 지르고 있다. 무슨 일일까?

**367**   바람을 피우다가 질투심 많은 당신의 배우자에게
현장에서 딱 걸렸다.
이 난관을 벗어나기 위해 뭐라고 말하겠는가?

**368**   마트 가기, 주유하기 등
평소에 일상적으로 하는 일 하나를 없애보라.
만일 어떤 인물이 그 일을 하지 않는다면 어떻게 될까?
그리고 그는 왜 그렇게 하는 것일까?

369　"1492년 콜럼버스가 아메리카에 도착했을 때
　　　자신의 구두가 바다에 떠내려가는 것을 보고
　　　'아, 내 구두!(1492＝아내구두)'라고 외쳤다네."
　　　이처럼 학생들이 꼭 배워야 하는 역사적 사건이나 사실을
　　　짧은 운율이나 리듬, 혹은 재미있는 방법으로 써보라.

370　《타임》지가 당신을 '올해의 인물'로 선정했다. 왜일까?

**371**    당신의 정당이 당신을 시장 후보자로 공천했다.
수락 연설문을 써보라.

**372**    당신의 인생에서 포기해야 하지만 그럴 수 없는 일
한 가지가 있는가? 있다면 왜 포기할 수 없는지
그 이유를 정당하게 설명해보라.

**373**    스무고개를 할 때 정답을 맞히기 위해 어떤 질문을
주로 하는가? 열 가지만 적어보라.

**378** 당신은 카지노에서 속임수를 쓰다가 체포되었다.
카지노 책임자에게 이것은 모두 오해에서 비롯된 거라고
설명해보라.

**379** 정신과 의사에게 당신의 인생, 하루 일과, 희망, 두려움 등
자신의 모든 것을 이야기할 때 의사는 무슨 생각을 할까?

**380** 어지러워 쓰러질 때까지 계속 뱅글뱅글 돌아보라.
그리고 나서 머릿속에 가장 먼저 떠오르는 생각을 써라.

**381**  자신이 가장 좋아하는 영화의 주인공 성별을 바꿔보라.
그리고 바뀐 성별에 맞게 영화의 줄거리를 재구성하라.

**382**  당신이 전혀 모르는 것에 대해서 써보라.
모든 것을 다 아는 것처럼 지어내보라.

**383**  식사를 할 때 종교, 정치, 돈에 대해 이야기하지 않는 게
올바른 식사 예절이다. 종교, 정치, 돈에 관한 대화가 오가는
저녁식사 장면을 써보라.

**384** 머릿속에 오래 남을 만한
배관 수리업체의 로고송 가사를 지어보라.

**385** 당신의 수학 선생님에 대한 기억을 모두 써라.

**386** 공원 벤치에 앉아 있는 노인들의 삶을
절대 폄하하지 마라.

387    지금 당신은 500년 동안 뒷마당에 묻어둘 타임캡슐을
       채우고 있다. 현재 당신의 생활을 설명하는 편지를 써서
       타임캡슐에 넣어라.

388    경매물품 목록만으로 한 사람의 일생을 써라.

389    결혼 서약서를 작성해보라. 신부는 35세이고 초혼,
       신랑은 48세이고 세번째 결혼이다.

**394**  사랑하는 가족을 떠나보낸 유족들과 장의사가 만나는
장면을 묘사하라. 단, 장의사는 유족의 슬픔에만
신경 쓰는 것이 아니라, 장례식 준비와 그에 쓰이는 상품도
판매해야 한다는 사실을 잊지 말 것.

**395**  오로지 두 손만 묘사하는 이야기를 써보라.
누구의 손인지 알 수 있도록 손의 신체적인 특징부터
그와 관련된 행위, 동작, 손짓, 꼼지락거림까지
여러 가지 요소를 사용하라.

**396** 독재자 한 명을 선택하라. 음식 소화시키기, 잠자기,
칫솔질처럼 지극히 평범한 일들을 중심으로
그 독재자의 아침 혹은 하루 일과를 상상해서 써보라.

**397** 내가 사랑했지만, 날 사랑해주지 않는 사람

**398** 지금까지 보았던 최악의 영화 줄거리를 고쳐보라.

**399**  음악가나 밴드 이름, 장르를 언급하지 않는 음악 평론을
써보라. 앞의 세 가지 외에 다른 것들은 써도 괜찮다.

**400**  오르가슴을 원했지만 그럴 수 없었던 때를 묘사하라.

**401**  처음 만나는 사람에게 다가가 자신을 소개하라.
그리고 누구에게도 말하지 않은 비밀을 말해달라고 하라.
이제 당신이 들은 것을 써보라.

**406**    당신 혹은 당신이 만들어낸 인물이
무기력하고 불편하게 느껴지는 장소에 있다.

**407**    최근 한 유명인이 불명예스러운 일을 저질렀다.
그가 직접 공식적으로 사과해야 하지만, 대변인이 대신
사과문을 썼다.
이제 그 유명인이 직접 쓰는 진심 어린 사과문을 작성하라.

**408**  여러 사람이 모두 똑같이 하는 행동을 관찰해보라.
예를 들어 지하철에 타면 모두 다 앉을 자리를 찾는
행동 같은 것. 그런 행동을 찾았다면 사람들 각각의 모습을
한두 문장으로 묘사해보라.
이때 문장마다 서로 다른 동사를 써야 한다.

**409**  갑자기 당신은 다른 사람들의 생각을 들을 수 있게 되었다.
하지만 그들이 당신을 어떻게 생각하는지 알게 되자
크게 충격을 받게 된다. 그 사람들의 생각을 써보라.

**410** 랩 가사를 써보라.
가사에는 경찰과 마약 단속, 개가 등장해야 한다.

**411** 한 아이가 어른과 함께 숙제를 하고 있다. 이들은 누구인가?
두 사람이 숙제를 얼마나 긴밀하게 하는지를 통해
두 사람의 관계를 밝혀보라.

**412** 미국의 록스타 엘비스 코스텔로는 "음악에 대해서
글을 쓰는 것은 건물에 대해서 춤을 추는 것만큼이나
어리석은 것이다"라고 말했다. 이 말에 대해 토론해보라.

**413** 당신이 존경하는 사람을 인터뷰하라.
그리고 그 사람의 짧은 프로필을 작성하라.

**414** 가장 최근 어떤 중요한 일을 두고서 마음을 바꿨던 때는
언제였는가?

**419**    신문의 부고訃告란을 펼쳐보라.
한 명을 선택한 후 그 사람에 대해 써라.
그의 인생에서 어떤 장면을 상상해보라.

**420**    문학 작품에 등장하는 강렬하지만, 문제가 많은 인물이
당신의 조부모 혹은 증조부모라고 생각해보라.
그의 삶에서 지금 여러분의 가족이 가진 지나친 의존성,
중독, 회피 등의 성향이 어떻게 나타나는지 생각해보라.
그리고 그것에 대해 써라.

**421**   당신은 빌 게이츠다. 세상의 문제들을 하나씩 해결하려고
한다. 당신이 해결하려는 첫번째 문제는 무엇인가?
그리고 그 이유는 무엇인가?

**422**   당신이 죽기 전에 해야 할 일들을 써보라.

**423**   당신은 다른 도시에 있는 백화점에 갔다. 거기서
당신을 가르쳤던 선생님이 울고 있는 것을 목격했다.
이 장면을 써라.

**424**　　우리 할아버지의 여자친구

**425**　　육체적 고통을 받았던 순간을 묘사하라.

**426**　　옷 중에서 언젠가 당신의 아들이나 딸이 입고 싶어할
　　　　것 같은 옷 하나를 묘사하라.
　　　　어떤 옷인가? 20년 뒤 그 아이는 왜 그 옷을 원할까?

**427** 하버드 클럽에 머물다

역주: 하버드 클럽은 하버드 대학교 출신 엘리트들이 주 멤버인 미국의 사교 클럽

**428** 윤리적인 딜레마

**429** 당신이 매일 보는 한 사람을 묘사하라.

**430** 당신이 한 번도 만난 적 없는 사람을 묘사하라.

---

**431** 미국 작가 에단 캐닌은 양말 한 켤레가
중요하게 나오는 이야기를 다루고 싶어서
「회계사The Accountant」라는 단편을 썼다고 했다.
아주 평범한 물건 하나를 떠올려보라.
그리고 누군가 그 물건에 매우 집착한다고 생각해보라.
이제 그 집착에 대한 이야기를 써라.

**432** 숲을 배경으로 하는 동화 한 편을 써라.

**433**   당신은 라디오 DJ다.
시내에 큰 폭탄이 터졌다는 속보를 전달받았다.
사람들은 그곳에서 빨리 대피해야 한다.
생방송 중 추가 소식이 계속 들어오는 가운데
당신은 어떤 말이나 행동을 할 것인가?

**434**   왜 당신이 하는 일은 항상 옳고 남이 하는 일은
잘못된 것일까?

**435** 미국 아이다호의 스탠리라는 마을에는 '카지노 클럽'이란
유일한 술집이 있다. 그곳의 화요일 밤 일상을 써보라.
참고로 스탠리는 인구가 500명이 채 안 되고,
기온이 영하 44도 정도인 추운 곳으로 유명하다.

**436** 당신은 고양이 한 마리만 키우며
긴 세월을 홀로 지낸 인생의 낙오자다. 어느 날 갑자기
당신의 고양이가 더는 참을 수 없다는 듯 말하기 시작한다.
고양이는 뭐라고 했을까?

**437** 지금 있는 곳에서 가장 가까운 창밖으로 보이는 것
다섯 가지

**438** 가장 좋아하는 운동선수에 대해 묘사하라.

**439** 당신은 왜 그 신발을 좋아하는가?

**440**   그녀는 뚱뚱하지만 무엇이든 앙증맞게 먹는다.
그녀의 핸드백에는 13,612달러짜리 수표가 한 장 있는데
자기 돈처럼 보이지는 않는다. 당신 생각이
맞을 수도 있다. 그녀는 어떤 특별한 기술을 가지고 있다.
자, 이제 그녀의 머리 스타일에서부터
이야기 하나를 만들어보라.

**441**   어떤 통역사가 방금 자신이 들은 걸
그대로 통역하고 싶은 마음이 없다.

**446**    지금은 설명하지 못하겠어. 하지만 혹시라도
말할 수 있다면 너에게 이건 말해줄게…

**447**    당신이 가장 어렸을 때의 추억을 다시 창조해보라.

**448**    석양이 질 무렵, 한 쌍의 연인이 가장 좋아하는 호수에서
작은 낚싯배를 타고 있다. 두 사람은 결혼을 두고 아주
크게 싸우고 있다. 설상가상 낚싯배의 모터도 고장나고
육지는 한참이나 멀리 떨어져 있다. 이 장면을 써라.

**449**   치과의사들이 충치를 어떻게 치료하는지 설명하라.
이때 설명해줄 대상은 썩은 이가 많은 여섯 살짜리 아이다.

**450**   사람들이 여전히 우리 사회와 문화에 관심이 있을까?
그 이유는 무엇인가?

**451**   당신이 가장 좋아하는 레시피

**452**   한 사람이 수년 전 집에 숨겨진 물건을 발견했다.

**453**   우연히 아버지가 아들의 여자친구를 처음 만났다.
두 사람이 만난 자리에 아들은 없다. 그리고 여자친구는
아버지와 나이가 비슷하다. 이 장면을 써라.

**454**   최근 내가 배신당했을 때

**455**   노래 한 곡을 써보라.

**456** 당신이 쓴 글 중 하나를 골라
한 음절의 단어만으로 다시 써보라.

**457** 당신 할머니의 유년을 묘사해보라.

**458** 최악의 작업 멘트

**459** 섹스를 열 가지로 완곡하게 표현해보라.

**460** 당신은 자살방지 전화 상담자로 오늘 첫 근무를 한다.
첫 전화를 받는 동안 기분이 어떤지 그 느낌을 묘사하라.

**461** 미신을 믿는가? 그 미신은 무엇인가? 왜 그 미신을 믿는가?
그리고 그 미신을 어떻게 따르고 있는가?

**462** 당신이 업무상 미팅에서 왜 5천 달러를 썼는지, 그리고
그 돈을 왜 돌려받아야 하는지를 상사에게 설명하라.

**463**   제임스 조이스는 "실수는 깨달음의 문"이라고 했다.
당신은 어떤 실수를 통해서 깨달음을 얻었는가?

**464**   어린아이에게 예컨대 말타기나 펀치 날리기와 같은 일
한 가지를 어떻게 하는지 설명해주는 편지를 써라.

**465**   정말 치우는 것을 못하는 지저분한 사람과
결벽증에 가깝게 깔끔한 사람이 룸메이트가 되었다.

**466** '빨강'이라는 단어를 사용하지 않고 빨간 물체를
설명할 수 있는 방법을 모두 생각해보라.

**467** 텔레마케터들이 개똥을 치우는 플라스틱 삽을 파는 데
사용할 원고를 써라.

**468** 텔레마케터들이 굶주린 아프리카 아이들을 위한
기금 마련 홍보에 사용할 원고를 써라.

**473** 오랫동안 알고 지냈던 두 인물이
서로 비밀 하나씩을 말하고 있다. 이 장면을 써라.

**474** 언니(누나)와의 자동차 여행

**475** 당신이 들으면 안 되는 당신에 관한 대화

**483** "자기야, 가자!" 그가 불을 켜며 말했다. 그는 두 개의
더플백을 들고 있었다. 하나는 아주 가벼웠고,
다른 하나는 아주 무거웠다. 그 차는 그녀의 것이었는데,
그녀는 항상 열쇠를 가지고 잠을 잤다.

**484** 마약 중독자의 관점에서 편지를 써보라.

**485** 당신이 아직 쓰지 않은 소설의 독자에게 편지를 써라.

**486**    당신이 원하는 사람과 떠나는 24시간 캠핑 여행

**487**    항상 A학점만 받는 고등학생이
학교에서 무언가를 훔치다가 교사에게 발각된다.

**488**    자동차 도난, 개싸움, 강도 등 누군가 당신에게 말해준
가장 오싹한 경험을 하나 떠올리고, 만일 당신이 그 상황에
놓여 있다면 어떨지 상상해보라. 이제 실제 상황으로
생각하고 그에 대해서 써보라.

**489**  일요일 저녁식사 때의 논쟁

**490**  미스코리아 선발대회에 출전한 당신이
인터뷰 심사를 받기 위해 무대 위에 서 있다.
세계 평화 수호 말고 심사위원들에게 어떤 말을 하겠는가?

**491**  당신이 가지고 있는 것 중 20년 뒤에 어떤 것이 사라질까?
그리고 무엇이 그것을 대체할까?

**492**   당신이 안 해서 후회하는 대화

**493**   당신은 이상한 질병에 걸려 감각 중 하나를 잃게 된다.
어떤 감각을 잃었나? 이제 당신에게 어떤 일이 벌어질까?
그리고 당신은 이 일을 어떻게 해결해나갈까?

**494**   월급을 많이 주는 직장과 재미를 주는 직장 사이에서
결정을 내려야 할 때가 있다. 그는 재미있는 직장을
선택하는 아주 큰 실수를 저질렀다.

**499** 당신의 MP3 플레이어를 임의 재생 모드로 켜두라.
맨 처음 나오는 노래의 가사를 적고
그것을 이야기의 첫 문장으로 사용하라.

**500** 현대인을 위해 게티스버그 연설을 다시 써보라.

**501** 당신이 등장하지 않는 당신의 가족 이야기를 골라라.
어머니, 오빠(형), 증조이모 등 내레이션 담당을 정하고
그 사람의 목소리로 가족 이야기를 써보라.

**502**  당신의 부모님 중 한 분이 정말 짜증나는 습관을
가지고 있다. 그 습관은 무엇인가?
당신 외에도 그걸 아는 사람이 있는가?

**503**  바다에서 처음 수영을 했을 때 들은 소리를 묘사하라.

**504**  당신이 형에 대해 그 말을 했다는 걸 형이 알게 된다면,
산 채로 당신의 가죽을 벗기려고 할 것이다.
도대체 무슨 말을 했는가?

**509**   당신은 고등학교 최우수 졸업생이다.
       졸업식에서 읽을 연설문을 써라.


**510**   인터넷이나 책에서 법원 기록이나 수사 기록을 찾아보라.
       거기에 나오는 실제 사건 중 몇 가지를 골라,
       완전한 이야기의 형태로 그 사건을 재구성하라.

**511** 과거의 기억 중 인상적이고 중요한 경험을 하나 떠올려라.
동생이 태어난 것, 팔이 부러진 것, 가족과의 자동차 여행,
이혼 등과 같은 것. 이제 그 경험의 배경을 바꿔보라.
그리고 당신이 아닌 다른 사람이 그 경험을 한 것처럼
1인칭 주인공 시점으로 이야기를 써라.

**512** 1년 동안 말을 못한다고 상상해보라. 어떻게 대화를 할까?
말을 못하는 것이 인간관계에 어떤 영향을 줄까?
1년 후 다시 말을 할 때까지 어떤 말을 아끼고 있겠는가?

**513**  그는 처음으로 주먹다짐을 했다.
그 주먹다짐은 ＿＿＿＿＿＿＿에서 일어났다.

**514**  당신이 싫어하는 것에 대해 속이 후련해질 만큼 크게
소리쳐보라. 이제 그 감정을 다른 사람도 확실히 공감할 수
있도록 소리 지른 내용을 재구성하라.

**515**  다음 문장으로 이야기를 시작하라. "모두가 ＿＿＿＿＿에 대해
수근거렸지만, 아무도 그녀에게 말해줄 용기가 없었다."

**519**  당신은 1890년대 러시아 평민이다. 먹을 음식은 없고,
혁명은 코앞으로 다가왔다. 독재자들은 당신이 충성을
맹세하면 먹을 것을 주겠다고 한다. 어떻게 하겠는가?

**520**  아주 오래전 가족 행사에서 일어난 일에 대해
당신의 생각을 적어보라. 그러고 나서 가족 중 한 명에게
그 일에 대해 여러 가지 질문을 해보라. 이제 당신이
기억하는 것과 가족이 기억하는 게 어떻게 다른지 써보라.

**525** "똑, 똑!" "누구십니까?" "손님입니다." "들어오세요."
이 유머를 이야기에 사용해보라.

**526** 당신 개의 인생을 네 개 이하의 단락으로 요약하라.

**527** 시냇가, 교회의 뜰, 아무도 없는 들판 등
아주 조용한 곳에서 모든 감각을 열고 15분간 앉아 있어라.
이제 당신이 느낀 것을 적어보라.

**528** 내가 바지에 오줌을 싼 순간

**529** 재혼

**530** 과일, 물병, 낡은 지갑 등 우리가 흔히 보는 물건들을
구체적으로 묘사하라.

**531** 당신이 여덟 살이라고 상상해보라.
자신에게 무슨 얘길 해주겠는가?

**532** 당신이 여든 살이라고 상상해보라.
자신에게 무슨 얘길 해주겠는가?

**533** 당신이 기억하는 가장 끔찍한 악몽은 무엇인가?

**534** 화장실 벽에 쓸 낙서를 써라.

**535**    공적인 것과 사적인 것이란 무엇인가?
무엇이 공적인 것이어야 하고, 무엇이 사적인 것이어야
하는가? 요즘 이 말들은 어떤 의미로 쓰이는가?

**536**    성별, 연령, 결혼 여부, 소득 수준, 종교 등 당신이 속한
집단에 대해 설명해보라. 당신의 집단에 관한 고정관념 중
당신이 인정하는 것은 무엇인가?
반대로 그 고정관념 중 동의하지 못하는 것은 무엇인가?

**537**   맥주를 마시고 그 맛에 대해서 써보라.

**538**   그녀는 그렇게 미쳐 있었다.

**539**   다음 문장을 완성하고 그 문장에 이어 계속 써보라.
"나의 첫번째 _____."

**540** 버스에서, 점심시간에 줄을 서서 혹은 길거리에서 사람들의 대화를 엿들어라. 무슨 얘기를 하고 있는가? 그들의 말이 당신에게 실제로는 어떻게 들리는가?

**541** 당신이 잘 안다고 생각하는 사람 한 명을 인터뷰하라. 이전에는 묻지 않았던 질문을 해보라.

**542** 지금으로부터 5년 뒤 당신이 걱정하게 될 것들에 대해 써보라. 10년 뒤, 30년 뒤에 걱정할 것들도 각각 써보라.

**543**  가장 최근에 들은 농담을 짧은 단편소설처럼 써보라.

**544**  당신이 겪었던 사건 하나를 슬로우 모션처럼 상상해보라.
이때 당신의 생각도 함께 넣어라.

**545**  커피 값을 계산할 때나 텔레마케터와 통화할 때 등
짧은 대화 하나를 가능한 한 길게 늘려보라.

**546**    '19금' 디즈니 영화 시나리오를 써보라.

**547**    고전 작품 하나를 놓고 신랄한 비평을 써보라.

**548**    당신이 지금까지 했던 최악의 일은 무엇인가?

**549**    당신이 지금까지 겪은 최악의 일은 무엇인가?

**550** 관심 있는 사람 한 명을 선택하라.
그리고 그 사람의 집까지 따라가는 것에 대해 써보라.

**551** 고등학교 치어리더 팀의 새로운 구호 열 가지를 써라.

**552** 다음 문장으로 시작해보라.
"바로 그때 그는 _____을 믿지 않기로 했다."

557  '사랑의 책'은 누가 썼을까? 왜 썼을까? 내용은 무엇일까?

558  포춘 쿠키에 넣을 말 열 가지를 써보라.

559  당신의 하루를 시간대별로 써보라.

560  미해결된 유명한 범죄

**561** 다음 문장으로 시작하는 이야기를 써라.
"그날 엄마는 집에 있던 접시를 모두 깨뜨렸다."

**562** 그녀는 샌드위치 하나를 결정하는 데 5백만 년이나 걸린다.
하지만 _____가 그녀에게 청혼을 하자 그녀는
흔쾌히 승낙하려 했다. 하지만 친구들과 가족은 그녀가
잘못된 결정을 했다고 한다. 상황은 이렇게 진행되었다…

**563**  당신은 <스타워즈>의 루크 스카이워커다.
당신의 자서전을 시작할 첫 문단을 세 가지 스타일로
각각 써보라.


**564**  당신은 저승사자다.
당신의 자서전을 시작할 첫 문단을 세 가지 스타일로
각각 써보라.

**565**    오직 열 명만이 구명보트에 탈 수 있다.
선장에게 왜 당신이 그중 한 명이어야 하는지 설명하라.

**566**    최근 당신과 친구가 나눈 대화를 기억해서 써보라.

**567**    20분 동안 한곳에 가만히 앉아
오로지 당신에게 들리는 소리에만 집중하며
간단히 메모를 작성하라.

**568**    지구에서 보내는 당신의 마지막 해

**569**    당신은 5년 동안 어떤 섬에 고립되어 있다.
           평범한 하루를 설명하라.

**570**    친척 중 나이가 가장 많은 분을 인터뷰해보라.

**575**  핸드폰, MP3 등 손에 들고 사용하는 전자제품은
사회적인 행동과 공공장소에서 사람들의 관계 형성에
어떤 영향을 주고 있을까?
그 전자제품들은 길거리의 일상적인 풍경과 우리가 낯선
사람을 만나고 관계를 맺는 능력에 어떤 영향을 주었을까?

**576**  "난 누구에게도 말하지 않았다…"로 시작해보라.

**577**  피부에 알레르기가 있는 인물이 되어
알레르기 반응을 보일 때 느끼는 피부의 촉감을
가능한 한 자세히 묘사해보라.

**578**  당신이 가지고 있는 것 중 가장 비싼 것은 무엇인가?
그것을 살 때 기분이 어땠나?

**579**  집을 떠난다는 것

580 당신의 얼굴이 저녁 뉴스에 나왔다.
왜 뉴스에 나왔는지 설명하는 짧은 뉴스 기사를 써라.

581 45세가 된 롤리타가 이제는 노인이 된 험버트에게
그가 자신의 어린 시절을 어떻게 망쳤는지 말하는
편지를 써보라.

582 당신이 써야 했던 가장 고통스러운 편지

**587**   한 아이가 절벽 아래로 돌을 던졌는데, 그 돌이 어떤 남자의
머리에 맞았다. 비명 소리를 듣고 아이가 아래로 내려가니
그 남자와 함께 등산을 하던 친구가 있었다. 그의 말로는
돌에 맞은 남자가 죽었다고 한다. 두 사람의 대화를 써보라.

**588**   당신은 십대 소녀다. 친구가 누가 봐도 위험한
지하 배수로 근처에서 남자를 만나라고 한다. 집에서
어떻게 빠져나오겠는가? 도착하면 무슨 일이 생길까?

589  병에 넣을 메시지를 써라.
그리고 그것을 발견하는 사람에 대해서도 써보라.


590  "그때는 그게 별로 중요한 것 같지 않았다…"로
이야기를 시작해보라.


591  재미없는 농담으로 이야기를 시작해보라.

**592**  공감각을 가진 사람의 관점에서 글을 써라.
공감각이란 하나의 감각을 자극했을 때 또다른 감각 센서가
작용하는 것을 의미한다. 예를 들어, 어떤 소리를 들으면
어떤 색깔이 눈앞에 펼쳐지는 것과 같다.

**593**  만화의 스토리보드를 짜보라.

**594**  떠나버린 사람에게 러브레터를 써보라.

595 당신의 머릿속에 아주 구체적으로 각인된 이미지를
묘사해보라. 그리고 왜 그 이미지를 기억하는지 설명하라.

596 담당하는 환자를 아주 싫어하는 간호사의 관점에서
글을 써보라.

597 당신은 슈퍼히어로다. 어떤 능력을 가졌고,
어떻게 그 능력을 사용하는가?

**598**  《뉴욕타임스》에서 보고 싶은 헤드라인 열 가지는 무엇인가?
그 이유는 무엇인가?

**599**  그날 밤 무슨 일이 있었나

**600**  사람들에게 _____의 인생은 이렇게 알려져 있다.

**601**  실제로 _____의 인생은 이러하다.

602    버스에서 깜빡 잠이 든 노숙자가 밤늦은 시각에
       자신이 한 번도 경험해보지 못한 부자 동네에 우연히
       도착하게 되었다. 그 노숙자의 시각으로 이야기를 써라.

603    위와 비슷한 이야기로, 이번에는 아주 돈이 많은
       증권거래인이 그 지역에서 가장 가난한 동네에 우연히
       도착하게 되었다. 그 증권거래인의 시각으로
       이야기를 써보라.

604    집에 있는 약 상자를 열어보라.
       모든 약과 연고, 기타 의약품들을 항목별로 적어라.
       어떤 증상을 치료하는 약들인가? 그 약들을 종합해볼 때
       현재 당신의 건강 상태는 어떠한가?

605    문장의 첫 글자를 모두 다르게 해서 이야기를 만들어라.
       '가'부터 시작해서 '나', '다', '라'… '하' 순서로
       문장을 시작하는 거다.

610   야구장에서 관중 중 세 명을 관찰한 후,
      그 세 사람을 각각 다른 동물로 묘사해보라.

611   생판 모르는 사람과 나누었던
      가장 재미있었거나 가장 예상치 못했던 대화

612   무미건조한 투로 아주 독특한 것에 대해 써보라.

**613**    조울증이 있는 사람이 두 번이나 서커스를 보러 갔다.
첫번째엔 미친 듯이 서커스를 즐겼고, 두번째엔 완전히
우울 모드였다. 이 두 번의 서커스 관람 장면을 묘사하라.

**614**    두 사람은 각자 정반대의 일이 사실이라고 믿은 채
그 자리를 떠났다. 이 장면을 써보라.

**615**    과학자들이 불멸의 비밀을 마침내 밝혀냈다고 발표했다.
죽음의 소중함을 사수하기 위해 탄원서를 작성해보라.

616 꼭 가보고 싶었던 새로 생긴 레스토랑에 가보라.
맛있게 식사를 하고 집으로 돌아가 마치 당신이 손님을
가장한 요리평론가인 것처럼 그 식당의 리뷰를 써보라.

617 찰리브라운 만화의 새로운 캐릭터 하나를 만들어라.
당신이 만든 캐릭터가 찰리브라운 만화에 등장하는
진짜 캐릭터들과 어울리는 장면을 써라.

**618** 상투적인 문구나 격언을 생각나는 대로 써라.
쓴 것 중 당신이 실제로 사용하는 것에 별표를 해보라.

**619** 오늘 하루 충동적인 일을 하고 싶다거나, 남들이 무언가를
하자고 할 때 무조건 "오케이!"를 외치고 그 일을 하라.
나중에 몸이 허락한다면(가령 감금되지 않은 상태이거나
속박되지 않은 상태라면) 당신이 경험한 것들과
당신이 지금 어디 있는지에 대해 적어보라.

**620**   당신이 사는 동네에 대해
구체적인 것들을 스무 가지 적어라.

**621**   이번에는 위에서 쓴 구체적인 사항을 모두 이용해서
당신의 동네가 아닌 다른 곳을 배경으로 한 장면을 써라.

**622**   폭파범이 되어 협박 편지를 써보라.

**623**   고등학교를 졸업하는 학생들을 위한 최고의 조언

**624**   당신을 화나게 하는 것들의 목록을 자유롭게 적어라.

**625**   방금 쓴 것 중 하나를 골라 좀더 구체적으로 써라.

**626**   기억을 잃어버리다

**627**   A라는 곳에서 B라는 곳으로 가는 방법…
당신은 그런 방법으로 가고 싶지 않을 수도 있다.
그렇다면 왜 그렇게 가고 싶지 않은가?

_____

_____

_____

_____

_____

_____

_____

_____

_____

_____

_____

_____

_____

_____

_____

_____

**628** 당신은 할리우드 영화 제작자다. 지금 제임스 조이스에게 편지를 쓰고 있다. 그가 집필한 『율리시스』를 좀더 쉽게 영화로 만들기 위해 몇 가지를 제안하는 거다.
예를 들어 액션 신을 첨가한다든가, 해피엔딩으로 이야기를 끝낸다든가, 컴퓨터 그래픽을 많이 쓸 수 있는 장면을 찾아낸다든가, 극중 인물의 이름을 영화계에서 먹히는 이름으로 바꾼다든가 아니면 사운드트랙에 유명한 팝송을 사용한다든가 하는 제안들 말이다.

**629** 레스토랑 메뉴판을 만들어보라. 메뉴판에는
음식의 이름, 그 맛과 재료에 대한 설명이 있어야 한다.
그리고 그 메뉴판을 배달용으로 다시 만들어라.
배달용 메뉴판은 일반 메뉴판보다 길이가 반이지만,
그걸 본 사람들이 침을 꼴깍 삼킬 정도로 만들어야 한다.

**630** 당신은 해적이다. 당신의 완벽한 하루를 묘사해보라.

**631** 당신의 가장 큰 비밀은 무엇인가?
만일 그 비밀이 알려진다면 어떤 일이 벌어질까?

**632** 눈앞에 당신의 인생사가 주마등처럼 지나가는 경험을
해본 적 있는가?

**633** 친척들이 항상 당신에 대해 말하는 당혹스러운 이야기를
여기에 공유해보라.

634   양파에게 바치는 시를 써보라.

635   진심으로 믿었는데 알고 보니 전혀 아니었던 건 무엇인가?

636   당신이 지금까지 해본 적이 없는 짧고 분명한 대답

637   주저하지 말고 겉모습으로만 판단하라.
       그것은 어떻게 생겼나?

**638** 오늘의 뉴스에서 사건 하나를 선택하라. 뉴스에 나온 사람이 아침을 먹다가 그 사건을 다루는 신문 기사를 상상해보고, 이 장면을 묘사하라.

**639** 나의 첫 키스

**640** 나의 첫 이별

**641**  당신의 결혼생활은 아주 행복하다. 하지만 어느 날
당신이 다른 사람을 사랑하고 있다는 걸 깨닫게 된다.
이제 어떻게 될까?

**642**  당신의 부고訃告를 작성해보라.

Just
write!